21279

EPITRE

DE

Mlle JAVOTTE,

NIECE DU CURÉ

DE FONTENOY,

AU ROY.

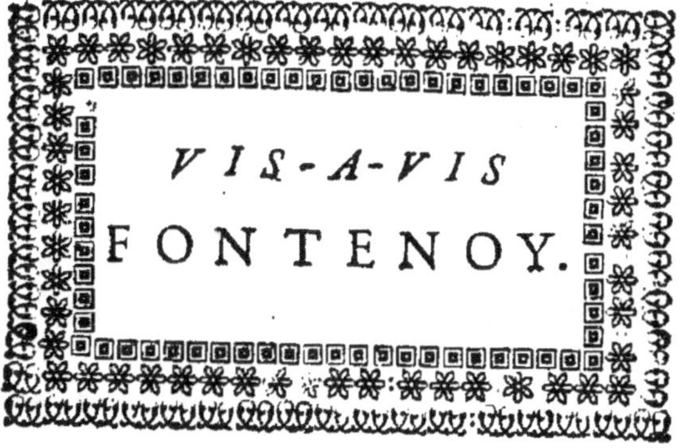

M. DCC. XLV.

AVERTISSEMENT.

ON m'a dit qu'il falloit faire comme mon Oncle, & placer un Avertissement à la tête de mon Ouvrage, je ne sçai par où m'y prendre, j'avertis que je n'en sçai point faire.

Je devrois chercher à faire approuver les Vers que j'adresse à Monseigneur le Dauphin, dans une Epître qui n'est que pour le Roy, & en donner la raison; & bien c'est que cela m'a fait plaisir, je n'en sçai point d'autres.

Bien des gens pourroient soupçonner; parce que je suis à peine parvenu à mon quatriéme lustre, que notre cher Jannot a travaillé avec moi, quoiqu'il ne soit pas plus âgé; mais qu'est-ce que cela fait au

Public, je n'ai point de compte à lui rendre là-dessus ; on n'a non plus que faire de sçavoir le tems que j'ai employé à faire cette Epître, ce ne sont les affaires de personne ; je sçai qu'il y a bien des choses encore dont je devrois parler, & chercher des justifications pour autoriser les fautes que j'ai faites, je n'en ferai rien cependant ; cela me donneroit trop de peine, & je n'en serois pas plus avancé que ceux qui en ont fait avant moi ; d'ailleurs il faut bien reserver quelque chose pour une nouvelle Edition.

EPITRE

DE MLLE JAVOTTE,

NIECE DU CURÉ

DE FONTENOY,

AU ROY.

SIRE, fais grace à ma hardieſſe,
Si d'un Curé la pauvre Niéce
Oſe encore t'importuner.
GRAND ROY, daigne me pardonner.
Je céde au deſir qui me preſſe,
Il ſçait malgré moi m'entraîner.
Je n'ai fait des vers de ma vie,
Jamais je n'eus pareille envie,
Et tout-à-coup ce mal me prend ;
Car c'en eſt un le plus ſouvent.
J'ai condamné cette manie,
Et j'en vais faire la folie.

On fait de même chaque jour;
Pour fuccomber l'on a fon tour :
Malgré tout ce que j'ai pû faire,
Comme moi ne pouvant fe taire,
Mon Oncle a chanté tes Exploits,
Je lui dis, mais plus d'une fois :
Ce projet eft bien téméraire,
Mon cher Oncle fans vous déplaire,
Mais cela ne fervit de rien.
Tais-toi, dit-il, laiffe-moi faire,
Va, je m'en tirerai fort bien,
Et ce n'eft pas là ton affaire.
Il fe mit à verfifier,
Moi toujours à contrarier,
C'étoit bien un peu par caprice,
Mais quelquefois avec juftice,
Surtout pour cette penfion
Qu'il demande avec paffion.
Vos rimes trop inté effées
Sont à mon fens fort déplacées,
Dis-je encor, lui pour m'occuper :
Javotte, fongez au fouper.
Je me tûs, qu'aurois-je pû dire ?
Il m'auroit dit peut-être pire :
Il eft bonhomme cependant,

Mais il radote fort souvent ,
Alors il devient intraitable ,
Et tout droit vous envoye au diable,
Je n'ai pas tort de le blâmer ,
Ce n'eſt que pour le trop aimer ;
Ce qu'il dit de Monſieur Voltaire ,
Etoit encor bien néceſſaire ;
Valoit autant n'en point parler ,
A quel propos le quereller ,
Et lui faire un vilain reproche ,
Comme s'il prenoit dans ſa poche
Ce qu'il a ramaſſé d'argent ,
'A chanter le trépaſſement
De ces Héros à qui la Parque
'A fait paſſer la triſte barque !
On n'a qu'à le laiſſer chanter ,
S'il déplait ne pas l'écouter ,
Moi qui ne ſuis qu'une mazette.
Je ne lis jamais la gazette ,
Ni tous ces verbiages-là ?
Que nous importe tout cela ,
Je ne m'en embaraſſe guére ,
Toi, Sire, tu n'en as que faire ,
L'on ſçaura tes faits glorieux ,
Toujours en tous tems, en tous lieux ,

Qu'eſt-il néceſſaire d'écrire
Ce que chacun ſçaura rédire ?
Peut-on oublier ta valeur !
Ah, qu'elle m'a cauſé de peur !
Mais loin de craindre ta Victoire,
(En vérité tu peux me croire,
Car je parle du fond du cœur)
Je faiſois des vœux pour ta gloire.
La Guerre , & toutes ſes horreurs
Me préſentoient mille frayeurs,
Le bruit redoutable des armes,
Eſt fait pour cauſer les allarmes.
Ce jour fameux de Fontenoy,
Que mon cœur reſſentit d'effroy !
Je me ſauvai dans ma chambrette ;
(Ah , bon Dieu comme j'étois faite)
Notre cher Jannot me ſuivit,
Et me raſſuroit un petit.
Il me diſoit : Mademoiſelle ,
(Tenez , j'étois dans la ruelle,
Il m'en ſouvient malgré ma peur)
Il me dit donc avec vigueur :
Quoi ! votre ame ainſi s'abandonne ?
Jannot, c'eſt que j'ai l'ame bonne,
Je hais la guerre & les combats ;

Et je plains ces braves Soldats.
Mon cœur tremble, mais il defir:
Il m'annonce intérieurement
Ce qu'il défire vivement,
Et je croî que le Ciel l'infpire,
Cela ne peut être autrement.
Je l'entends à l'inftant me dire:
L O U I S enfin fera vainqueur.
Je me plais à croire mon cœur.
Le bruit redoubla mes alarmes,
Je laiffai couler quelques larmes,
Il me raffuroit de fon mieux,
(Car c'eft un garçon merveilleux,
Vigoureux & plein d'affurance ;)
Enfin je perdis connoiffance.
Je revins, auffitôt j'appris
Le Triomphe du Grand LOUIS.
A l'inftant ce bonheur m'enchante,
Je fentis mon ame contente,
Elle prit un nouvel effort,
Me livrant à ce doux tranfport,
Mon cœur enchanté de ta gloire
Benira toujours ta victoire.
Pour mettre le comble à nos vœux,
Et nous rendre encor plus heureux,

J'ofe demander une grace.
Grand Roi, laiffe dans notre Place,
Je te fupplie, un Régiment
Pour cinq ou fix ans feulement,
Ou fi tu le veux davantage,
Que la garnifon dans fix mois
Change feulement une fois.
Quel bonheur pour notre Village.
Cela nous feroit un grand bien,
Nous ne defirerions plus rien.
Les plaifirs régneroient fans ceffe;
Ils écarteroient la trifteffe
Que la guerre laiffe après foi,
Par le ravage & par l'effroi.
Les François vainqueurs à Cythere,
Tout comme ils le font à la guerre
Y rappelleront les amours:
Car nous autres bonnes Flamandes
De François nous fommes friandes,
Tout rameneroit les beaux jours,
A chaque inftant l'on verroit naître
Des nouveaux Sujets à leur Maître,
Le Curé tout intéreffé
Se trouveroit récompenfé,
Il auroit un plaifir extrême,

A celebrer plus d'un baptême,
Les frais pourroient avec le tems
Le payer des enterremens,
Et de sa lugubre musique ;
Car sans sçavoir l'Arithmétique,
Je croirois mon oncle bien-tôt
Indemnisé plus qu'il ne faut,
Ne rejette point ma priere,
Grand Roy, daignes la satisfaire.
Pour toi nos vœux seront constans,
Et tu nous rendras tous contens,
Nos cœurs pleins de reconnoissance,
Beniront à jamais tes loix,
Heureux que tes vaillans exploits
Nous soumettent à ta puissance,
Digne rejetton de son sang,
Toy que Mars & Venus chérissent,
Les Dieux dans ton cœur réunissent,
Les vertus du suprême rang,
Heros, dès tes jeunes années,
Pour les rendre plus fortunées ;
L'Hymen s'unit avec l'Amour,
Ces Dieux à tes vœux favorables,
Rassemblent deux objets aimables
Dignes de la céleste Cour.

Daigne aujourd'hui m'être propice,
Reçois mon petit compliment.
Je te promets une Nourrice
Pour le petit Prince charmant,
Qu'avec tranſport on verra naître,
Et que le Ciel doit à nos vœux,
Dont nos Niéces & nos Neveux,
Peuvent & doivent ſe promettre
Un Regne juſte & glorieux,
S'il ſuit le pas de ſes Ayeux
Mais, Grand Roy, ma plume indiſcrete
Auroit dû plûtôt s'arrêter,
Ou plûtôt demeurer muette,
Le reſpect devôit ſurmonter,
Sa fureur qui m'a pris d'écrire,
Mais peut-on dompter ce délire,
On pourroit plus facilement
Arrêter le cours d'un torrent,
Semblable à tes Troupes fougueuſes,
Qui dans leurs fureurs belliqueuſes,
Ne ſuivent qu'un noble couroux :
Tout tombe, tout cede à leurs coups,
Dans leur audacieuſe rage,
Elles vont s'ouvrir un paſſage
Dans les bataillons Ennemis,

Leurs cœurs font guidés par la gloire,
Elle fuit les pas de L O U I S ,
Il les conduit à la Victoire,
Mais , Grand Roy , dans ce noble eſſor
Ma folle Muſe prend le mor,
Rimant comme une forcenée
A ce tranſport abandonnée
Rien ne ſçauroit me retenir ,
Tu vois que je ne peux finir.
Dans le fond , ſuis-je ſi blâmable ?
C'eſt pour un Heros adorable
Que mon eſprit s'eſt égaré ,
La pauvre Niéce du Curé ,
Malgré le zéle qui l'inſpire ,
Pourroit bien apprêter à rire.
Mais ſi dans mon égarement ,
Je peux t'amuſer un moment.
Contente de cet avantage ,
Je croirois mon ſort trop heureux,
Et narguerois les envieux
Qui blâmeront mon bavardage.

F I N,